KB022076

가볍게 담을 넘다

문학나무시선 015
가볍게 담을 넘다

1쇄 발행일 | 2017년 01월 10일

지은이 | 김현실
펴낸이 | 윤영수
펴낸곳 | 문학나무

편집 · 기획실 | 03085 서울 종로구 동숭4나길 28-1 예일하우스 301호
이메일 | mhnmoo@hanmail.net

출판등록 | 제312-2011-000064호 1991. 1. 5.
영업 마케팅부 | 03673 서울 서대문구 명지대1라길 24-4 지하 1층(남가좌동 5-5)
전화 | 02-302-1250, 팩스 | 02-302-1251

값 9,000원

ISBN 979-11-5629-042-1 03810

문학나무시선 015

가볍게 담을 넘다

김현실 시집

문학나무

| 시인의 말 |

다시 저는

벌써 한 생을 돌아 제가 태어난 해에 다시 서게 되었습니다. 불혹도 넘어 늦은 나이에 제게 찾아온 시를 끄적이며 엮어낸 첫 시집도 5년을 지나왔습니다.

그 언어들은 이제 낡은 한숨이 되어버렸는데 더 나아진 것도 없는 삶 속에서 저는 여전히 같은 말만 하고 있는 것 같아 부끄럽습니다. 하지만 다시 저는 이렇게 얘기할 수밖에 없습니다.

변명

왜 쓰느냐고
세상이 부끄럽지 않냐고
생명의 나무들 베어 만든
수많은 백지 더럽혀
무엇을 하고 있냐고
얼굴 붉히며 손가락질하는

저들의 눈이 두렵지 않냐고

그러나
나를 밀고 있는 건
당신도 그들도 아닌
나 자신일 뿐

나에게
소리치는 거다
나 지금 이렇게 살아있다고
용기를 내라고

나를 버티게 하는
안간힘
스스로 일으켜 세우는
내 생명의 아우성

차례

2부
산 자의 계절

3부
관계

1부

기억과 망각 사이

중년

아직 저녁식탁 불 켜지 않은
어스름 무렵
낮과 밤 서로 스치며 손뼉을 치고
사람들 저마다 집으로 드는 때
바쁜 비행에 지친 날개 접으며
새들도 나무 둥지 찾아 숲으로 돌아오는

이제
난
남들 다 내려가버린
저녁 산에 올라
어두워가는 숲에 든다
때늦은 집을 짓는다

노을에 잠깐 빛날
어둠에도 당당한
나만의 작은 집

언덕에서

백수 바라보는 시어머니 머리에 이고
환갑의 남편
약관도 훌쩍 넘긴 두 아들
솥발처럼 버티고 선
내 인연의 언덕

헉헉대며 올랐어도
내리막은 잠깐
가만히 둘러보니
내 것으로 남은 건
가을볕 노랗게 들이치는
부엌 하나

내려다보니
언덕 아래
나를 부르는 건
가까워진 강물소리

나이

아득하지만 우뚝 섰던 것들
종종걸음쳐 달아나버리고
가속이 붙어버린 세월
이젠 아무 것도 보이지 않는다

과거로만 달아나는 약속
부서져버린 꿈의 조각만이
부유하는 오늘

평평해진 시간의 틈
더듬 더듬 메워가는 발걸음에
날개를 달아줄
언어는 이제
없다

그렇게
조금씩
높이를 잃어가는 것

시간의 힘

대결의 날선 빛깔로
친구를 비추던
붉은 열망 어디 갔을까
공평하게 내려앉은 흰 머리
마주보며 무심한 웃음 흘리는
지금

그의 어머니가 물려주신
부엌과 밥상에서
소리 없는 비명으로 떨던 책들은
어디 있을까

책상과 밥상 사이
열망과 의무 사이
오래도록 앓던 아픔
이젠 무딘 칼날처럼
흐릿해

〈

색깔도 냄새도 없이

들어와 나를

무장해제 시켜버린

시간의 힘

꿈

어릴 적 내 꿈은 아마
지금의 나였던가
높이도 깊이도 꼭 요만큼

같은 크기의 어제와 오늘
금 밖의 세상은 보고 싶지 않은
어제의 내가 오늘 여기 있을 뿐
비등점에 이르지 못한 미지근한 물처럼

우린 누구나 꿈꾼 만큼
그만큼만 나아갈 뿐
변화가 두려운데
혁명을 꿈꾸랴

거울너머 머언 아름다움
간절했다면
그렇게 되었으리

오늘도 꿈은 이루어지는 중

꼭 요만큼

화장(火葬)
— 영화관에서

만장 흩날리는 흑백의 상여소리
저 너머
돌올한 붉은 생명
산 자를 끌어당기는 저 매혹
누군들 갖고 싶지 않으랴

텅 빈 극장에 앉아
상복 속에 도드라진 젊은 시선 바라보며
다시 오래 전 아픔 속에 눕는다
병상의 치욕 견디고 견뎌
겨우 얻어낸 죽음의 연기(延期)

내가 견딘 게 죽음이라면
그는 젊음을 견뎌낸 것이리
다시 그만큼의 시간 지났어도
서로 다른 경험의 간극
다시는 메울 수 없네

태우고 태워도
그대로 남아있는
마음의 흔적
각자 다른 빛깔 바라보던
길의 기억

기억과 망각 사이

기쁘고 슬프고 서러웠던 그 느낌 생생한데
얼마나 힘들고 아팠는지
그 때 그 시간 다 살아나는데
누구였는지 무엇이었는지 아물거리는
이름, 이름들
명사부터 증발해버린 기억의 빈 틈

말한 건지 생각만 한 건지
어제였는지 그제였는지
가까운 시간 사라지고 먼 어제만 남고
주어는 사라지고 술어만 남아
더듬더듬 찾아낸 한발 늦은 기억마저
사라져 머릿속 하얘지는 날
나는 어디로 날아가버리는 중일까

지갑 분실 사건

지갑이 없어졌다
언제 어디서 어떻게
기억을 뒤져봐도 머릿속은 하얗다

허둥지둥 집안을 발칵 뒤집고
옷장, 가방, 책상 없어
수색에 나서지만
하얗던 머릿속 이제 깜깜해진다

후들거리는 마음 진정시켜
지갑 속 물건들 하나씩 헤어보니
돈, 카드, 신분증,
가족사진, 또…
생각도 나지 않는 나의 존재 증명들

한 손에 들어오는 작은 지갑 안에
하늘이 노래지도록
가슴이 덜컥 내려앉도록

난 무얼 그리 가득 담았던가

잃고 나니 비로소
참 많은 껍데기에 기대
알몸인 채 살아 본 적 없음을
알
겠
다

다행이다

완전한 기쁨 없듯이
아주 깜깜한 슬픔 없으니
다행이다

행운의 복권 다음 불운을 뽑는 건
당연한 인간지사
화려한 사랑의 껍질 제치고
벌써 떠나가는 마음
완벽은 찰나일 뿐
절정의 순간
우리는 내리막을 달린다

곁핍이 영혼을 들어 올린다면
참 다행이다
아직 외로움 채우지 못했으니

사랑이 떠나고
어둠이 나를 덮쳐

내 영혼 건너게 하니
다행이다
이 울퉁불퉁한 자갈들

늙은 열망

이제 더 이상 꽃이 아니란 걸
꽃의 기억조차
꿈의 색깔도 희미해져
감탄도 웃음도
울음소리마저 크지 못하다는 걸
알지만
습관처럼 질기게 남아있는 열망

오늘도 나는
마지막이 될지 모를
또 다른 삶을 계획한다
첫 발도 딛기 전 스러질지라도
매일 나는 머릿속에서
만리장성 쌓듯
또 하나의
꿈을 부지런히 쌓아 올린다

머릿속에서

앨범 정리

40년 전 내가 웃고 있다
까마득히 사라진
풋풋한 소녀 하나
흑백의 희미한 윤곽 너머
교정의 장미가 살아난다

촌스런 화장의 새 색시 어설픈 미소
손 흔들고 깔깔대며 달려오는
다섯 살 적 아들 녀석
두 아이 업고 끌던 고달픈 얼굴조차
젊음으로 빛나던 순간

겹겹이 쌓여 동면하던 시간들
사진 뒤에 숨었다가
갑자기 튀어나온 저 오래된
이승 속 전생

믿기지 않는 시간의 퇴적

불면 1

지난 하루 되짚어 후회하고
오지 않은 내일 미리 건너다
너무 많은 다짐과 기억의 실타래 감으며
나는 너를 부른다

어느새 내 기억의 모퉁이에
살짝 앉은 네가 반가워
손 내미는 순간 너는
……

꼭꼭 숨어버린 너를 좇아
나는 다시 간절한 술래가 된다
추적의 사이 사이
어제와 내일은 수없이 늘어나고
언어의 피로에 지쳐 난
못찾겠다 꾀꼬리
너를 버린다

돌연, 지쳐 비어버린

기억의 수로 따라

슬그머니 다가오는

너

불면 2

한없이 불어나
어제와 내일이
함께 뒹구는 드넓은 지면에
끄적끄적
다시 써내려가는 오늘

먼 데서 번쩍이는 번갯불 따라
천둥소리 쪼개지면
영혼으로 내려가던 길 화들짝 닫히고
민낯의 시계소리
돋보기처럼 확대되어
무한으로 열린 캄캄한 공간에
헛되이 메아리 칠 때

우물 속 적요를 일거에 휘젓는
두레박처럼
검은 밤 길눈 열고
아침이 휘청이며

드디어

오고 있다

한밤의 밥상

뒤척임도 없이
고단한 하루를 커다랗게 털어내는
남편의 코고는 소리

모두들 잠든 밤중
책을 읽고 글을 쓰던 시간
언어와 영혼이 손잡고
찬란히 빛나던
별빛의 시간
이제 나는 부엌으로 간다

달아나버린 잠
영혼의 수혈 받지 못해
캄캄해진 시간의 틈을
된장국과 멸치볶음으로 촘촘히 메운다

식탁 위에 차려진 한밤의 별들
환하게 피어나도

좀처럼
채워지지 않는
영혼의 밥상

저 가지런한 평화 속에
나도 정렬되고 싶다

새벽의 침입

캄캄한 잠 속
시간도 삶도 없는 그 안에서
수혈받아 간신히 깨어난 영혼의 집

돌연 아늑한 거기 침입해
널부러진 몸 일으켜
다시 이 언덕에 던져놓는
질긴 시간의 끈

놀라 두리번거리던 영혼
다시
아득히 내려가 사라진다

부산스레 밝아오는 세상

커피에 잡히다

몸 아니라
마음에 주는 음식이라고
향기와 여유
황홀한 비상의 기쁨이라고?
아니,
이건 또 다른 노동을 위한 주문일 뿐

쌓인 피로
풀지 못한 과제
책 앞에 일 앞에
몸 활짝 열어젖히고
반짝 깨어나
사로잡혀 미친 듯 달리게 하는
마약

우리 이런 마약 하나씩 품고
여기까지 이렇게
기 쓰고

달려온 건 아닐까

몸의 말 1

깨어난 부엌의
물소리 불소리
신문 활자들 아우성 땜에
아침엔 네 소리 들을 수 없어

전철 속 핸폰과
시장 안 물건들의 분주한 눈짓
번호표 울리는 은행의 시간
친구들 웃음소리
들썩이는 거리의 발걸음까지
대낮의 소리 벽은 너무 두꺼워
나는 너를 또 잊어버린다

잊어버리고
잊어버린 채
밤을 안고 누우면
조금씩 들리는 속삭임
너무 힘들었어

너무 많은 걸 했어
몸은 은근한 열을 뿜기 시작하고
머리는 조금씩 뜨거워져
쉬고싶어 쉬고싶어 칭얼댄다

화들짝 놀란 귀에
몸의 소리 가득 차
잠이 내릴 공간 거둬가 버리고
그제야 들리는 기억의 고통
너는
만신창이 되어 소리지르고
나는 항상
너무 늦게 너를 듣는다

몸의 말 2

정신은 모른다
이제
아픔도 사랑도 미움도
마음의 일 아니라는 걸

마음이 속인 나이
찌푸린 몸이 알려주고
의지가 일깨운 꿈
앓는 몸이 부숴버리니

사랑도 푸릇한 몸에서야
더 빛나고
휘청이는 몸 따라 희미해지는
미움이라니

몸의 말이 가장
힘이 세다는 걸
알게 되는

그곳이 바로

내 서 있는 지금 여기

앨러지

눈가와 목 언저리
울긋불긋 꽃피었다
시원하게 긁고 나면 금세
가버릴 줄 알았던 가려움
자고나면 더 크고 더 붉게
소리를 질러댄다

쑤시고 찌르는
통증만 아니라
미칠 듯한 가려움도 고통이라는 걸
알려주듯
여름도 겨울도 아닌
길목에 망설이며
선뜻 들어서지 못하는
몸의 반란

전쟁하듯
붉은 가려움 간신히 진정시키면

허연 각질 들고 일어나
폐허가 되어버리는
시간의 얼굴

바람의 높낮이
공기의 색깔 따라
저절로 조율하던 숨결에
고장이 난 거다
자연에 순응해 숨 쉬는 것마저
배워야 하는
노추의 몸

복통

먼 기억 너머
생사의 기로에서 허덕이던 날
얼마나 됐다고 벌써 잊었느냐고
반란하는 몸

세상 뒤집어질 통증에 내 영혼 송두리째
날아가던 날
죽음보다 더 무섭던
통증의 기억
이렇게 다시
올 수 있다는 걸
너무 쉽게 잊었다

나날이 무거워가는 꿈과 소망
통증을 잊은 위장에 잔뜩 우겨넣어
나태와 욕심에 묻힌
마음보다 몸이 먼저 알아채니

파문처럼 번지는
몸의 소리에
겸허히 열리는
마음의 귀

관절염

다람쥐처럼
통통거리며 튕기고 다니던
산길
아들과 맞바꾼 백팔배 치성도
우아한 하이힐도
이제 한낱 옛 말

은근한 손님이던 첫 통증이
이젠 종일 주인되어
온몸을 호령한다

바깥은
이제 그만
안으로 들어오라는
주인님 엄명이라
역마살 운명도 오십줄에 막 내리니

몸의 소리 모른 체 했던

어리석은 귓가에
이제야
들려오는 목 쉰
아우성

때가 온 것이다!

병과 이별하는 방법

병은 자꾸 알은체하면 더 온다는
옛 어른 말씀 그른 거 없네

한번 쉬어보라고
몸이 주는 신호
그저 가만 받아줄걸
쉬는 시간 참을 수 없어
병원이며 약국이며
애면글면 받자질 하니
한번만 모른 체 해도
계절 한번 바뀌어도
떠날 줄 모르는 것들

저들이 끄는대로 가만히 흔들리면
언젠가 지친 저들 이 한 몸 놔줄까
눈물 콧물 하소연해도
나 몰라라 두어볼까

마지막 약봉지 털어넣곤
이제 끝이야
울어도 안돌아봐

소심한 일탈

부글거리는 가슴 터뜨리지 못한 채
나는 왜
집을 나와
커피숍만 배회하나
며칠씩 몇 달씩
왜 난 집을 비우지 못하는가

큰 거짓말은 차마
작은 거짓 핑계로 얻은
차 한 잔 여유조차
조마조마

아들 짜증 어머니 꾸중
끝없이 자잘한 일들
집안에 펼쳐진
내 자리 넓어질수록
자꾸만 줄어드는
내 책상

〈

박차고 뛰어나가
맘껏 소리친다는 게
탄천 잡목 숲
뒤에 숨어 질러대는
심청가 한 구절
'어떤 사아람 파알짜 좋아
부귀영화로 잘 사는디
내 신세는 어이허이여……'

십오세에 세상 하직하는 것도
아닌데 무슨,

이제 집에 가야지

자전거에 오르다

두 바퀴를 굴리며 달리는 건 꿈에서나
가능했던 일
무위의 헛발질에 한숨 쉬다가
땅에서 발을 떼고 바퀴 위에 나를 얹어
바람이 나를 밀어내던 날

세상은 갑자기 속도를 갖기 시작했고
공기는 바람 냄새를 실어왔다
좁은 길, 언덕 길, 꼬부랑 길
빨리 천천히 멈춤의 숨결로 담금질할 때
바퀴의 꿈은 현실이 되었다

한강을 따라 둥글게 다가와
순간에 흩어지는 들꽃
바람에 밀려나는 물결
재빨리 사라지는 사람들
풍경은 적당한 속도를 갖고
걸음으로는 차창으로는 닿지 못할

낯선 그림들 만들어 간다

둥그런 힘으로
다시 출발하는
이제
나는 바퀴로 다른 삶을 본다

2부
산 자의 계절

경칩

햇볕 고물거리며 빈 가지 간질이고
얼음 풀린 개울물에 개구리 눈뜨는 날
그리 만만히 물러가지 않겠다고
코와 목, 가슴 움켜잡고
요란히 드잡이하는 서슬에

놀란
목구멍 뚫고 튀어오르는 기침
뒤켠으로 간신히
겨울이
가고 있다

아직…

소한 대한 다 지나 봄기운에 방심하는 사이
느닷없이 닥친 한파
아하
안도의 숨

아직 게을리 쉴 시간
공상하며 꿈꿀 시간
이불 속 뒹굴 시간
움츠러들 깊은 시간
남았으니

햇볕 갈피마다 진군할
숨가쁜 꽃의 발자욱
아직 멀리 있어
매운 바람 소리 들으며
지금은 쉼
아직 깨지 않아도 되는
뜻하지 않은

기쁨

먼지의 계절

이제 꽃보다 먼저
봄을 싣고 오는 건
먼지다

노란 먼지, 가는 먼지
제각각 다른 이름으로
꽃은 좀체 열어주지 않고

안개같은 햇빛 헤치며
개울가엔 그래도
기침처럼 콜록대는
손톱만한 풀꽃들

숨막히는 먼지의 깊이를 뚫고
그래도
너는
온다

삼월

학교와 인연
끝난 지 오랜데
삼월이 오면 난
늘 새 학기 새 학년

동면 끝내고
운동화 끈 조이고
머리 단정히 하고
학기말 향해 달려나갈 채비
팽팽하게 출발선에 선다

찬바람 끄트머리 몰래 숨은 미풍
갑자기 종알대는 새들의 이야기
메마른 화단 구석 스멀거리는 새싹
등 떠밀어

환갑에도 다시 뛰게 하는
시간의 힘

잔치

사람이 사람을 부르고
따스한 숨결 서로 맞대고
허허대는 흰소리에
비누거품처럼 풀어져
술렁이는 계절

요란한 음식 대신
번쩍이는 연설 대신
사람끼리 잡은 손
헤벌어진 웃음 속에
간질거리는 봄바람 스며
소란한 장터마냥

사람과 봄볕이 서로 만나
한바탕 어지러운
이 흥성이는
벌판

난향

식구도 TV도 신문도 사라진
오전 열한 시
텅 빈 집안
너른 마루에 햇살만 하나 가득

화분들 제 세상 만났다
아하
지금은 저들만의 시간
햇살과 꽃봉오리 노골적으로 눈맞춰
배시시 웃음 흘리고
온몸에 번지는 사랑

어느새 은은한 향기

나물 이야기

노오랗게 번지는 산수유 개나리
한가득 쏟아지는 햇살보다
식탁에 봄나물이 올라야
우리 집엔
봄이 온다

노점에 흐드러진
달래, 취, 머위, 쑥부쟁이
잔뜩 사서 부엌 가득 풀어놓으면
나를 기다리는 고행

참선 수도 하듯
지루함과 시간을 무찔러
마침내 무념무상 이를 때까지
손톱 밑이 새카매지도록
허리가 꼬부라지도록
다듬고 다듬는 무한 반복의 노동

데치고 무치고 볶는 마무리까지
견뎌낸 시간 무한해도
식탁에 오르는 건
두 세 접시뿐 그나마
식구들 환호 속에
게 눈 감추듯 없어지는
나물의 흔적

면벽 고행으로 얻은
우리 집 봄은 매일
그렇게 잠깐 피었다
꽃보다 더 빨리
사라진다

봄비

질세라
서둘러 웃어대던
진달래 벚꽃 목련까지
적시고 휘저어 신록으로 갈아치우는
조용한 반란

깔깔대다 행여 떠버릴까
헤벌어져 마구 날아가버릴까
옷매무새 다잡아주는
은근한 손길

바람결에 건너뛰는 책장
눌러주는 문진처럼
한 계절 하루 문득 멈춰주는
이 물의 축복

공부

공부에 나이가 어딨냐고?

아물거려 못보는 건 이제
그만 글자에서 놓여나라는,
금방 읽고 잊어버리는 건
잊어도 그만인 것
이해되지 않는 철학서는
더 이상 읽지 말라는,
오래 앉기 어려운 건
책상에서 그만 일어나라는
자연의 섭리

평생 반려일 줄 알았던
책들의 배반
어지러운 글자들의 아우성

겨우내 침묵하던 화분 속 군자란
슬그머니 웃음 붉히니

돋보기 없이 읽는 봄 이야기
수런대는 사람 마음 읽어내는 덴

그래
진짜
공부엔 나이가 없지

수상한 시절

먹구름 뚫고
설움 몰아치듯
사월 하늘에서 진눈깨비 흩날린다
산수유 개나리 파르르 떨고
망설이는 벚꽃 봉오리
숨죽여 눈치 보는 사이
시간은 계절을 거슬러
태양의 순치(馴致)를 비웃는다

걸음 되돌릴 순 없으나
설운 맘 한바탕 분탕질했으니
이제 고이 보낼 수 있으리
겨우내 질척였던
내 안의 덩어리

오월의 숲

멀리서 보면 고요한 숨결

가까이 들어서니
연둣빛 햇살 헤치며
아카시아 향기 붕붕 날고
환하게 벌어진 산딸나무 꽃 잔치에
댕그랑 때죽나무 하얀 꽃종들
산철쭉 병꽃나무 붉은 얼굴 아래
나뭇잎 색 애벌레
거미줄 매달려 반짝이고
손바닥 내려앉은 자벌레 꼼틀
열심히 내 손바닥 길이 재며
한 호흡을 건넌다

소리와 빛깔로
가쁘게 수런대는
생명의 숲

푸른 길

하얗게 웃는 산딸나무 찔레꽃
쥐똥나무 꽃내음 더디게 따라오는
대청호 오백리 길
휴일도 아무 날도 아닌
한가한 걸음 속에
오월 하루가 오롯이 멈춰 있다

젊음도 고통도
살처럼 사라진 시간의 마법
잠시 풀리니
친구의 주름진 얼굴 뒤편
파아란 생명이
우우 일어난다

두 여자 걸음 따라
무중력의 대낮이
잠시 출렁대고
또 한 번 계절이

익어간다

오월의 습격
— 남한산성, 옹성에서

장경사 지나 성곽 길 걷다 보면
성벽 아래 조그만 구멍
잔뜩 웅크린 채 고개 숙여 나가보니
너른 뜰 안고 있는 또 하나의 성벽

두 겹의 성으로도 막지 못한
적의 함성 이제
바람타고 들어오는 연둣빛 물결이야
아예 속수무책
하늘로 풍선처럼 올라가던
태양의 동아줄이 순간
툭 끊어져 땅에 내려앉는다
눈부시게
고요한 항복

역사는 흩어져 날아가고
계절은 풀어져
오늘, 여기,

퍼질러 누워버린
따스한 옹성

초파일 등을 달며

잔인한 건 해마다 활짝 웃는
장미가 아니라
다른 죽음 바라보며
내 생명 발원하는
중생의 욕심

죽어도 놓지 못하는
가족에의 붉은 발원
질기게 매달린
무명 한 자락

장미가 오월을 열고
태양이 활짝 시간을 건너는
오늘
부음 하나 뒤로 하고
병마에 붙잡힌 벗 그리 둔 채
나는 온 가족
건강 발원 불등을 단다

서울숲

강변도로 달리며
바라만 보던 숲
모처럼 깊숙이 들어섰다

달음질치는 바람 따라
숲길은 열리고
문득
수련으로 가득 찬
모네의 연못

고요를 건너 숲 가운데 들어서니
갑자기
솟아오른 분수에 온몸 적셔대는
아이들 환호성
여름이 와글거리고
미끄럼틀 흔들다리
꼬마들 생생한 아우성이
반짝이며 튀어 오르는 한낮

〈

서늘한 바람결
수련의 미소
딛고 올라 선
싱싱하고 파릇한
아이들 저
생명의 소리

여름이 솟구쳐
와아 흩어진다

여름이 온다

열린 창문으로 밀물처럼 쏟아지는 햇살
채 눈도 안뜬 이부자리 들추며 아침이 열리고
눅눅한 바람 어느새 옷깃에 달라붙어
기인 하루를 부른다

뜨거운 맥박이 뛰고
꽃 진 자리마다 푸른 열매 꿈꾸듯 열려
초록은 익어가는데
아직 불 지피지 못한 꿈의 조각들

황혼의 시간에도 남은
생명의 빛은 타오르고
백색의 대낮
아직 내 것인 양
하아
숨 몰아 달려온다

폭염 속에서

행여 온몸 산화할까
조심스레 건너가는 대낮

가다가 터질지 몰라
열기로 장전된 폭탄
온몸 끌어안고
가만히 방에 앉아
조용조용 숨을 쉰다

갑자기 세상은 저만치 있고
화염에 가로막힌 이재민처럼
나 홀로
여기에 남아
아무 것도
들리지 않는
백치의
한낮

장마

어둠이 키워놓은 빗소리
잠을 앗아가고
지방으로 군대로 외국으로
모두 달아나버린 비인 집
혼자 듣는 머릿속 이야기

시간은 종횡으로 뻗어가고
사건은 사라진 채
감정만 남아
여전히 웅얼대는 가슴 속 언어
날개 달아 허공에 풀어도
폭우를 뚫고 날아오르진 못하리

길고 긴 어둠 속
다시 시작된
물 앓이

취중진담(醉中眞談)

문 열자 문득 농익은 계절
깊은 산속 저 멀리서 어느 틈에,
도심 구석까지
불긋한 속내 훤히 드러낸
마지막 주사(酒邪)

이제 더 갈 데가 없지
벚나무 화살나무 제아무리
낯붉혀 흔들어대도
꼭지까지 빨개진
단풍나무 주정은 못 따르지
게슴츠레 떡갈나무 샛노오란 산국 옆에
이만하면 더 마실 것 없어

대취한 중년이
비틀대며 털어놓는
웅얼웅얼
저

진심

한밤의 폭우

소란도 분노도 모두 적셔
사람을 수굿하게 하는
소리

바스락대는 사소한 것들 이제
까맣게 가라앉아
아득히 떠내려가고

꿈속으로 흩어진 가족 얼굴
저마다 희미해져
홀로 뜬 눈에
비로소 보이기 시작하는
길

뚜벅거리며
걷게 하는
힘

추석 연휴

더위 가자마자 바람 냄새
끌고 온 기인 명절
이젠
귀성보다 연휴에 들떠
공항이 더 부산한데
여전히 활기 띄는
나의 작은 부엌

하루 전 시조부님 기일에
아침은 아홉 조상 차례 치르고
다음 날은 아버님 가신 날
설상가상 시숙 기일 연이으니
아하,
명절 핑계 모인 자손 모두 보고 눈감은
조상들의 안간힘 이런 거였네

구부린 허리 펼 새 없이
한 평 부엌 들썩이니

일 년에 두 번
간신히 끌어모은 핏줄들의 웃음
애써 질기게 잡았던 목숨 그제야
놓으셨네
어디 한번 조상님께 크게 머리 조아려
연휴우 우우 길-게
숨 한번
쉬어볼까나

11월

햇살 다시 흐려지고
푸른 바람 속 붉은 나무들
비로소 손아귀 풀어
나를 땅에 내려놓는다

집착의 끈 놓여나
숲은 환해지고

허공을 날다 호사에 지친 눈
슬며시 내려뜬 채
사뿐히 의자에 앉는다

책 속으로 젖어드는 가을비 소리
다시 태어나는 나를 읽는다

깊이의 시간

찬바람 덩달아 식어가는 머리
열정도 분노도
누렇게 변해
떨어질 채비하곤
심해처럼 깊어져버린
생각의 바닥 들여다 본다

퀭해진 마음의 구멍
홀로 소리쳐도
메아리되어 올 뿐
멀어져가는 새소리조차 없는
비인 그곳
우연히 들이닥칠 천둥 기다리다
말라버린 계곡

계절은 깊어간다

다시, 11월

텅 빈 나뭇가지 사이
훤한 하늘 차가운 별에
질퍽한 머릿속 샅샅이 열어
하얗게 말린다

다시 꿈틀대는
희미한 꿈

낡고 오래된 길도
모퉁이 돌아서면
끝은 늘 시작에 연해

아직 나,
여전히 붉다

산 자의 계절

누구나 잠시 웅크려
봄을 준비하리라
산 자들의 착각 순식간에
깨뜨리는 부음이
시간을 얼려
우린 잠시 부동한다

자연의 윤회가
삶의 은유라 여긴 건
젊음의 오만
늙은 이승의 겨울은 그냥
춥고 캄캄하다

다만 시간은
남겨진 사람들 것
짐짓 멈춰 내일을 바라보는

하필이면 동장군 입성하던 날

연이어 가버린 지인들의

소식 앞에 난

땀 흘리며 그저

겨울맞이 김장을 한다

김장

함께 모여 시끌벅적
잔칫집 같던 옛 풍경 대신
혼자 풀어놓은 조그만 김장 마당

환갑에도 못미더운 며느리 옆
구순 시어머니 훈수 속에
사다놓은 절임배추 얼른 씻어 채반에 널고
야물게 묶인 쪽파 알타리 풀어
붉은 흙 털어 다듬는 첫 손부터
미끈하게 잘 빠진 무 하얗게 씻어
한가득 썰어내는 반복의 시간

고춧가루 굴 젓갈 버무린 속
배춧잎 사이사이 고루 채우니
이제야 꼴 갖춘 김장 1막

남은 양념 버무려 갓김치 총각김치
삭힌 고추 무에 섞어 고추김치도 한 가득

잘 닦은 김치 통에 차례차례 쟁여 넣으니
2막도 완성

부엌 가득 벌여놓은 소쿠리 양푼
씻어 말리고 부엌바닥 청소까지
대단원의 막 내리니

더덕더덕 파스 붙여
신음하는 어깨 통증 뒤풀이 반복해도
김치에 밥 한 그릇 뚝딱 치우는
아들이 눈에 밟혀
차마 관두지 못하는
11월의
난장 한마당

계절의 선물

황홀하던 가을 숲 허둥대며 사라지고
서둘러 떨궈낸 빈 가지 잿빛 공기 속에서
나는 이제 먹이 찾아 헤매지 않아도 된다

방안의 온기를 올리고
희미해져가는 창밖 풍경 조금씩 지우면서
깜박이는 전화 멀리 던져두고
내 안의 소리와 꿈 속에 들어간다

등 떠밀려 나갈 일도
허덕이며 해야 할 일도
잠깐 멈춤
유예를 허락 받은 시간

겨울잠이라는
달콤한 선물

동면의 계절

달력 마지막 장
종종걸음치는 시간엔
날카로운 빙판에 이는 회한 너머
소용없어진 일 년의 대차대조표

찬바람에 밀려
마음은 이미 깊은 동굴 찾아드니
벌써부터 감겨드는 눈꺼풀
여름내 노래만 불렀는데
벌어놓은 먹이 하나 없이
잘 잘 수 있을까

노래도 일도 아득해
문득 느려진
시간의 발걸음

가볍게 담을 넘다

반성과 회한의 덤불 헤치고
겹겹이 가로막는 시끄러운 언어들
화려한 꿈과 결심의 높이를 넘어야
겨우 저편에 닿을 수 있었던
담장

이제 고양이처럼 사뿐하게
뱀처럼 고요히 미끄러져
새해라는 저편에
너무 가벼이 착지한다

슬픈 월담의 고수
중년의 송구영신

송년

매듭 없어진 시간에
화들짝 놀란 사람들 저마다
오늘 굵은 선을 긋는다
떠밀려 흘러온
한 해가 갑자기
눈을 뜬다

태양이 뜨고 지고
빈 나무 고요히 쉬는 숨
매운 바람소리 따라
세세히
짙어지는 밤

순간을 헤아려
영원의 문 기웃대니
해마다 잠깐 맛보는
기적의
시간

3부

관계

관계
— 모던 아트 전시회에서

태초엔 아무 것도 없었다
여기 내가 서고
빈 공간 가로질러 다시 네가 선다
다만 거기 있다는 것만으로
너는
나와 관계를 만든다

백지에 붓질된 두 개의 네모
아무 것도 없던 공간에 돌연 생겨난 의미

관계의 역설

이상하게도
우린
조금 먼 사람에게만 친절하다
약간 거리를 둔 채
잠깐
우아하게 웃을 수 있는 사이

부드러운 미소도 거리를 잘라내면
울음이고 아픔이니
가족도 친구도
다가서면 촘촘해지는
가시와 자갈

발톱을 세워
사랑이라는 이름의 무례를 휘둘러대는
가까이 있는
이 처절한 싸움

전생의 편지

부모님 가신 후
친정 소식은
전생에서 날아온 편지 같다

이웃보다 먼 언니 목소리
아득한 기억 저편에서
불현듯 나를 흔들고
어쩌다 듣는 오빠
병든 시선으로
나를 깨운다

무겁게 매달린
이생의 가족 끌며 끌며
우린 아주 가끔
고개 들어
전생의 끈을 잡는다

또 다른 생의 저 너머

안방 가득 웅성대던
까마득한 말소리
낯익은 듯 낯선
낡은 이야기
다시 펼쳐 읽어본다

가족

화장도 안한 민낯으로
부끄럼도 잊은 악다구니 속에
밑바닥까지 다 보아버린 관계

남이 아니라 더 할퀴고
남 아니니 용서될 거라고
턱없는 미신에 속고 속이는

말 안해도 배려 안해도
다 아는 게 피붙이라고
다 잊을 거라고
그리 믿으며 자꾸만 긁어대는
생채기

보이지 않는 끈에 엮여
부딪쳐도 돌아와
그래도 다시 한번
괜찮다고 괜찮다고

수없이 외쳐대는
징한 얼굴들

아버지와 아들

— 영화 '사도'를 보고

애비도 힘들었다 하지 마세요
천출이란 손가락질도
신하들의 감시도 모두
이 악물고 뚫어야 할 역경이었다고
왜 이리 나약하냐고
소리 지르지 마세요

당신의 상처는 당신의 몫
저는 당신이 아닙니다
한번이라도 아버지
따스한 눈빛 받고 싶었을 뿐

자기 어둠에 갇혀 캄캄한 마음
또 다른 굴레 만드는 업보일 뿐
아들아
이 멀고 먼 길 위에서
발버둥쳐도 벗어나지 못할
난

영원한 죄인이다

거리의 발견
— 가족여행

멀리서 보던 풍광
사진으로 부풀었던 기대
인파와 지린내가 지워내는 현실
거리 사라지자
프라하도 비엔나도 이름만 남는다

낯선 발걸음 흥겨운 일탈도
가족의 굴레 속에선
엉킨 실타래 되어
두서없이 삐걱대니

가까운 이들만이 상처를 주는 법
풍경도 사람도
아름다움에는
거리가 있다

중년의 부부싸움

이제 따지지 않는다
분노와 고함의 이면을 알아버린
씁쓸한 세월
당신이 무얼 두려워하는지
난 안다

약하고 힘든 얼굴 뚫어보며
모른 체 할 뿐
나 잊어주리라
허약한 변명
얄팍한 권위
다 믿어주리라

이빨 빠진 호랑이처럼
당신의 성난 얼굴 뒤편을
알아챈
내 슬픔 일별하며 당신도
짐짓 내 진짜 얼굴을 읽어내는 건 아닐까

〈

그렇게 우린

격렬한 젊음을 그저

흉내내고 있다

기다림

이승과 저승 사이
거기 병원이 있다
저세상 문 갑자기 열 수 없어
대합실처럼 기다리는 이들
조금씩 무너져 간다

어제까지 방안 가득 충만하던
어머니 하룻새
병동 침대로 날아가
텅 빈 방 시계만이 살아있다
얌전히 정돈된 장롱 서랍
기다림의 자세 훌륭하시다

아직은 놀람의 시간
이제 익숙하고 낡아져
허물어지는 육신
소리 없이 열리는 문으로
그저 의식(儀式)처럼 건너가 버리는

풍경 가만히

바라보게 되리

우렁각시어머니

열무 석 단 얼갈이 한 단
집안에 들여놓고
종일 외출 돌아오니 묶음 그대로
엉거주춤 벽에 기대 날 기다리네
마법처럼 깨끗이 손질되어
양념만 맞춰 담그면 금세 뚝딱 김치
될 줄 그리 알던 평생
어머님 병석에 누우시니
이제야 풀리는 마법

우렁각시 만능의 손
이제 세상 밖 나와
조용히 앓고 계시다

제사

안팎을 쓸고 닦고
전 지지고 나물 무치며
노동의 시간만큼 불어나는
좌불안석 혼령들의 무거운 식탁

주과포혜 조율시이
잔 들고 시저(匙箸) 놓자
대번에 가라네
이승은 별 일 없다니
어서 가세

황망한 조상 앞에
머리 조아린 자손들 위로
죽음의 기억 날아가 버리고
술 석 잔에 지방 태우니
가벼워지는 의무의 무게
그리움 슬픔 다 말라버린
오랜만의 얼굴들 모여

산 자끼리 흥청대는

또 다른 잔치

아들의 결혼

믿을 수 없네
뻥튀기처럼 커져버린 내 아기

첫 웃음 첫 걸음
처음으로 발음하던 '엄마'
축복처럼 쏟아지던 '처음'의 경이
한순간 나를 가로질러
우뚝 서버린 청년

아침밥 먹이며
삼십년 전 탯줄
그나마 붙어있던 엄마 꼬리
이제야 끊어지네

훌훌 털어
나 이제 몸 가벼이 일어서고
넌 다시 새 날 새 길 걸어가리니
네 옆에

또 다른 탯줄 엮어
새 역사를 여는 이 아침

믿기지 않는
내 아가,
이제 비로소
너는
너다

미얀마에서

증기기관차 옆 판잣집엔
빨래 가득 널리고
만원 짐차에 매달려 통학하는
까만 얼굴들의 낯선 시선
꾀죄죄한 사탕 과자 줄줄이 매단 노점 사이
치마 입고 걸어가는 남자들
황금의 사원 거대한 부처님 앞에
꽃 공양 엎드려 간구하는 마음
사탕 하나 받아들고 꽃 한 송이 꺾어주는
무구한 꼬마 눈동자엔
부처님의 가피 가득한데

우린
수많은 셔터 눌러 그들을
한갓 풍경으로 만든다
깔깔거리며 지나가버릴
추억의 배경

칼라하리 사막의 기적

— 어느 날 TV 앞에서

모래밖에 보이지 않는 척박한 사막
가만 보면 온갖 생명들의 전쟁터다
자식 지키는 홍접새와 갑옷귀뚜라미 치열한 싸움
잠깐만 물 흐르는 건천수 터를 놓고
피투성이 승패 겨루는 수놈 기린들의 일합
사슴 놓쳐버린 어린 표범의 배고픈 하루
사막의 밤은 깊어가고 한밤에 나타난
코뿔소들 경건한 짝짓기가 시작된다

사막의 땅 밑에는 수천년 갇혀 있는 동굴수
캄캄한 수심엔 오랜 세월 눈 먼 메기들
지상에서 떨어지는 조각난 먹이 더듬어
고독한 유영에 몸을 맡긴다

신기하게 바라보는 화면 앞의 나처럼
우리 피투성이 하루 바라보는
누가 있어
여기
경이와 연민의 눈길 보내고 있을까

반성
— 아프가니스탄 유물 앞에서

다섯 여자 한 남자의 무덤 펼쳐
수많은 금장식 세공 들여다보니
역사는 발전하는 게 아니라
반복될 뿐
세종 시절 감격했던 해시계
신라 것보다 화려한 금관도
석고 대리석 유리 청동
온갖 그릇 장식 정교함도
여기 이미
이천년 전 찬란히 빛나

우리보다 머언 옛날
감각의 첨단 앞에
우리 신라 우리 조선 우리에 갇혀
맹목의 우월만 소중하고 소중했던
내 우매함이 눈을 뜬다
세상은 넓고 시간은 둥근데
나는 너무 좁고

너무 작고

너무 모르고

몰랐었네

소문

물만 흐르는 게 아니다
물보다 더 빨리 흘러가는 말

누군가의 눈물 누군가의 핏물까지
스미고 스며 이제
물살은 느리나 보이지 않는 깊이
다시 거슬러 오를 수 없는 하류
무서운 깊이와 끝없는 넓이

누구도 시원을 찾을 수 없고
빠지면 헤어나오기 힘든
소문의 강

소통

먼 나라 대통령 연설에 감동하고
일방통행 지도자들 분개하면서
자기 옆의 눈물도 아픔도
한 치 앞의 소망도 보지 못하는
당신은 누구인가

손 한번 잡아주고
가슴으로 안아주고
따뜻한 말 한마디
그리 애타게 부르는데
당신은 누굴 욕하고
누굴 손가락질 하는가

먼 곳 이야기는 아름답고
가까운 당신 옆엔
어렵고 힘들고 구질한 울음
애끓는 마음 기다리고 있네
당신과의 기인 눈맞춤

서울의 이방

구로역 남구로역
한참을 걷다 보니
이상한 빨간 글자 한글보다 더 빼곡한 거리
연변, 연길, 장백산반점 간판마다 붉은 글씨
몇 집 건너 환전소 구인광고 즐비한데
양꼬치 낯선 음식 길가에 가득하고
귓가를 스쳐가는 이방의 언어

시간도 공간도 조금씩 뒤섞여
시골도, 타국도, 옛날도 아닌데
난 어디 와 있는 걸까

변두리 낯선 곳에
새로 만들어지는 '우리'
자꾸만 내 안을 흔드는
불편한 진실

같은 서울 하늘 아래

난 얼마나 오래
중심만을 읽고 있었나

부끄러움
— 세월호의 죽음에 부쳐

울음으로 들썩이는 사방에서
한번 가버린 여린 풀꽃
바람 되어 흔들릴 뿐

누구를 비난하고 손가락질할 수 있으랴
우린 진실도 배움도 짓밟고
상식을 비웃어가며
그렇게 어른이
되었는데
이 땅에서 무사히 어른이 된 것만으로
우린 죄인이다

가슴 조금 아프고
눈물 약간 흘리고
몇 명에게 돌멩이 던지고 나면
그 뿐
우리 언제 그 아픔 오래
간직한 적 있던가

〈

내 아이 아니고

내 가족 아니고

내 이야기 아니라고

몰래 가슴 쓸어내리는

이 비겁함에 돌을 던져다오

이 부끄러움을 오래

기억하게 해다오

| 해설 |

수런거리는 몸의 말로 확장되는 세계

김희정 시인

누구에게나 그런 순간은 온다. 고된 생활의 명령에 순종하던 몸이 더는 못 참겠다고 목쉰 아우성을 내지르는, 하여 "때가 온 것"(「관절염」)이라는 갑작스러운 자각 앞에 내몰리는 순간 말이다. 몸의 말이 느닷없이 일상 속에 침입하는 이 '때'야말로 진짜 '나'와 대면할 매우 좋은 기회임을 김현실 시인은 누구보다 강하게 의식하고 있는 듯하다. 그런 점에서 이번 시집을 대표할 만한 단어를 꼽으라면 단연 '몸의 말'일 게다. '나'이면서 '나' 아닌 것 쪽으로 늘 밀려나 있던 육신의 반란, 신음하며 주저앉는 몸의 형상을 통해 낯익으면서도 낯선 자신의 민낯과 조우하는 순간을 시인은 다음과 같이 그려내고 있으니

깨어난 부엌의

물소리 불소리
신문 활자들 아우성 땜에
아침엔 네 소리 들을 수 없어

전철 속 핸폰과
시장 안 물건들의 분주한 눈짓
번호표 울리는 은행의 시간
친구들 웃음소리
들썩이는 거리의 발걸음까지
대낮의 소리 벽은 너무 두꺼워
나는 너를 또 잊어버린다

잊어버리고
잊어버린 채
밤을 안고 누우면
조금씩 들리는 속삭임
너무 힘들었어
너무 많은 걸 했어
몸은 은근한 열을 뿜기 시작하고
머리는 조금씩 뜨거워져서
쉬고싶어 쉬고싶어 칭얼댄다

화들짝 놀란 귀에

몸의 소리 가득 차
잠이 내릴 공간 거둬가 버리고
그제야 들리는 기억의 고통
너는
만신창이 되어 소리지르고
나는 항상
너무 늦게 너를 듣는다
—「몸의 말 1」 전문

주어진 역할에 성실히 임하느라 우리는 그동안 얼마나 많은 몸의 신호들을 무시해왔던가. 시적 주체가 담담하게 이야기하듯 명료한 발화의 '자리'를 할당받지 못하고 속으로만 삭여온 육신의 아우성들은 갈수록 헐거워지는 몸의 구멍들 밖으로 언제고 터져 나오게 마련이다. 문제는 '나'가 "항상/너무 늦게" 듣는다는 것이다. 종일 시달려 만신창이가 된 "몸의 소리"가 "화들짝 놀란 귀에" 가득 차고 그것이 급기야 "잠이 내릴 공간"마저 "거둬가 버리고" 나서야 뒤늦게 자신의 무심함을 탓하게 되는 것이 비단 시인만의 경험일까. 몸에 무심한 자들은 언제고 그것의 반란을 겪게 된다. 실제로 제1부에 수록된 시들 가운데 상당수가 중년을 지난 나이, 건망증, 불면, 신체적 통증 등을 소재로 하고 있을 만큼 시인은 '몸'의 문제에 각별하다.

특히 그가 풀어놓는 '몸말'은 '마음'의 우월성을 전제로 하는 몸/마음의 이분법에 의해 구성되고 유지되어온 근대적 주체 담론을 가로질러 진짜 '나'와의 조우를 시도하는 데까지 나아가고 있음을 지적해 두어야겠다. 가령 "지난 하루 되짚어 후회하고/오지 않은 내일 미리 건너다/너무 많은 다짐과 기억의 실타래 감으며"(「불면 1」) 밤을 지새우다 "저 가지런한 평화 속에/나도 정렬되고 싶다"(「한밤의 밥상」)고 되뇌던 그간의 무수한 불면의 밤에 관해 이야기할 때, 시인은 궁극적으로 몸의 문제와 마음의 문제가 무 자르듯 명확히 분리될 수 없으며 따라서 진짜 '나'와의 만남은 그간 주체성의 철학이 배제해온 '몸'을 다시 사유의 중심으로 되돌려놓는 데서 시작될 수밖에 없음을 표명하고 있는 셈이다. 기억과 망각 사이를 오가며 깜빡이는 정신도 닳아빠진 관절이 내지르는 소리 없는 비명도 전부 '나'의 일부다. 초라하든 화려하든 모든 것이 내가 인정하고 안쓰러워해야 할 귀한 '나'의 실존인 것. 이러한 정직한 응시야말로 '나'를 협소한 에고의 감옥에서 빼내 세계와 직접 부딪치고 공명하는 적극적인 소통의 매체로 변환시킬 수 있는 가장 훌륭한 방법이리라. 한편으로는 서글프지만 다른 한편으로는 한층 여유로워진 내면의 폭을 가늠케 하는 이러한 시적 실천은 그러나 정신의 승리를 뜻하는 달관과 손쉽게 타협하지 않는다. 왜냐하면

쑤시고 찌르는

통증만 아니라

미칠 듯한 가려움도 고통이라는 걸

알려주듯

여름도 겨울도 아닌

길목에 망설이며

선뜻 들어서지 못하는

몸의 반란

―「앨러지」 부분

나날이 무거워가는 꿈과 소망

통증을 잊은 위장에 잔뜩 우겨넣어

나태와 욕심에 묻힌

마음보다 몸이 먼저 알아채니

파문처럼 번지는

몸의 소리에

겸허히 열리는

마음의 귀

―「복통」 부분

몸의 말은 기실 신체적으로 육박해 들어오는 통증 감각과 다르지 않기 때문이다. "몸의 소리 모른 체 했던/어리

석은 귓가에/이제야/들려오는 목 쉰/아우성"(「관절염」)이자 "한번 쉬어보라고/몸이 주는 신호"(「병과 이별하는 방법」)이기도 한 그것은 한 생애가 갖는 치열함의 최대치를 고스란히 증언해준다. 시인은 이미 첫 시집을 통해 갑작스러운 병마와의 대결을 오롯이 기록해낸 바 있고 이번 시집 역시 그러한 치열한 대결의 연장선에 놓여 있는 것이 사실이지만 양상은 사뭇 다르다. 예전에는 의식적인 차원과 마음이 주연이었다면 이제는 몸의 차원과 신체적 감각이 주연인 것이다. 이제야 "참 많은 껍데기에 기대/알몸인 채 살아 본 적 없음을/알"(「지갑 분실 사건」)게 되었다는 시인의 담백한 고백이 결코 가볍게 느껴지지 않는 이유다.

냉철한 문학연구자이기도 한 시인이 이성의 언어로는 미처 다 포착되지 않는 무수한 감정과 감각의 결들을 좀 더 세밀하게 건드리는 경지에까지 이르게 된 정황은 "산자의 계절"이라는 표제로 묶인 제2부의 시편들에서 보다 전면적으로 드러난다.

멀리서 보면 고요한 숨결

가까이 들어서니
연둣빛 햇살 헤치며
아카시아 향기 붕붕 날고
환하게 벌어진 산딸나무 꽃 잔치에

댕그랑 때죽나무 하얀 꽃종들
산철쭉 병꽃나무 붉은 얼굴 아래
나뭇잎 색 애벌레
거미줄 매달려 반짝이고
손바닥 내려앉은 자벌레 꼼틀
열심히 내 손바닥 길이 재며
한 호흡을 건넌다
—「오월의 숲」 부분

소란도 분노도 모두 적셔
사람을 수긋하게 하는
소리

바스락대는 사소한 것들 이제
까맣게 가라앉아
아득히 떠내려가고

꿈속으로 흩어진 가족 얼굴
저마다 희미해져
홀로 뜬 눈에
비로소 보이기 시작하는
길
—「한밤의 폭우」 부분

의미 없이 지나쳐버리기 일쑤인 일상적 풍경들 속에서 꿈틀거리는 온갖 생명의 움직임이 매우 생생하게 묘사되고 있다. '나'는 세상의 모든 "바스락대는 사소한 것들"을 보고 듣고 만지는 일에 충실하다. "한바탕 어지러운/이 홍성이는/벌판"(「잔치」) 한가운데서 '산 자'가 매 순간 경험하는 계절의 흐름이란 이렇듯 세상의 온갖 것들이 함께 어우러져 춤추는 거대한 춤판 그 자체이리라. 안이면서 밖이고 표면이면서 내부이기도 한, 존재와 세계의 경계면 위로 펼쳐진 시인의 몸으로 햇빛이 쏟아지고 바람이 스치고 빗방울이 떨어진다. 수런거리는 몸이 눈앞의 풍경을 따라 흘러가고 흘러온다. 세계는 그렇게 몸과 맞부딪치며 지각되는 순간 현상되고 시적 주체는 이를 부지런히 번역해 독자에게 건네는 일로 바쁘다. 그리하여

공부에 나이가 어딨냐고?

아물거려 못보는 건 이제
그만 글자에서 놓여나라는,
금방 읽고 잊어버리는 건
잊어도 그만인 것
이해되지 않는 철학서는
더 이상 읽지 말라는,
오래 앉기 어려운 건

책상에서 그만 일어나라는
자연의 섭리

평생 반려일 줄 알았던
책들의 배반
어지러운 글자들의 아우성

겨우내 침묵하던 화분 속 군자란
슬그머니 웃음 붉히니
돋보기 없이 읽는 봄 이야기
수런대는 사람 마음 읽어내는 덴

그래
진짜
공부엔 나이가 없지
—「공부」 전문

시인은 진리가 어려운 철학서 안에만 있는 것은 아니라고 일갈한다. "진짜/공부엔 나이가 없"고 사실상 보이고 들리고 와 닿는 모든 것에 진리가 깃들어 있다. "바람결에 건너뛰는 책장/눌러주는 문진처럼/한 계절 하루 문득 멈춰주는"(「봄비」) 봄비의 시간에도 "너른 마루에"서 서로 눈을 맞추는 "햇살과 꽃봉오리"들을 바라보며 "배시시 웃음 흘리고/온몸에 번지는 사랑"(「난향」)을 경험하는 난향의 시간에도 시인은 존재와 진리의 현현을 본다. 이렇게 미세한 생명의 숨결을 더듬을 수 있는 자에게 육신은 더 이상 영혼의 감옥일 수 없다. 오히려 그에게는 이성 담론에 의해 틀지어진 영혼이야말로 육신의 감옥일 터. 이러한 깨달음의 지점은 곧 실제를 있는 그대로 응시할 수 있는 넉넉하고 진솔한 '나'의 마음이 탄생하는 장소이기도 하다. 더 나아가, 이러한 '나'의 확장은 곧 '타인'과의 관계 역시도 확장시킬 수 있다.

이상하게도
우린
조금 먼 사람에게만 친절하다
약간 거리를 둔 채
잠깐
우아하게 웃을 수 있는 사이

부드러운 미소도 거리를 잘라내면
울음이고 아픔이니
가족도 친구도
다가서면 촘촘해지는
가시와 자갈
—「관계의 역설」 부분

가까운 이들만이 상처를 주는 법

풍경도 사람도

아름다움에는

거리가 있다

—「거리의 발견 — 가족여행」 부분

시인은 무엇보다 '나'와 '타인' 사이에 늘 내재할 수밖에 없는 긴장과 갈등이야말로 관계를 가능케 하는 핵심이자 그것을 건강하게 유지시켜주는 훌륭한 '재료'임을 역설한다. 중년의 아내는 "이제 따지지 않는다./분노와 고함의 이면을 알아버린/씁쓸한 세월" 속에서 남편이 결국 "무얼 두려워하는지" 알기 때문이다. "약하고 힘든 얼굴 뚫어보며/모른 체 할 뿐"인 아내는 그래서 다음과 같이 반문한다. 혹시 "이빨 빠진 호랑이처럼/당신의 성난 얼굴 뒤편을/알아챈/내 슬픔 일별하며 당신도/짐짓 내 진짜 얼굴을 읽어내는 건 아닐까"(「중년의 부부싸움」). "화장도 안한 민낯으로/부끄럼도 잊은 악다구니 속에/밑바닥까지 다 보아버린 관계"(「가족」)이기에 오히려 더 '거리'가 필요한 것이다.

한편, "난 얼마나 오래/중심만을 읽고 있었나"(「서울의 이방」), "세상은 넓고 시간은 둥근데/나는 너무 좁고/너무 작고/너무 모르고/몰랐었네"(「반성 — 아프가니스탄 유물 앞에서」)와 같은 고백들도 주의를 끈다. 여기서 엿볼 수 있는 것은 타인을 '나'의 인식체계 속으로 온전히 욱여넣으려는 아집을 비리고 타인의 타자성을 그 자체로 인정하려는 윤리적 태도다. 치열한 삶의 구도(求道) 끝에 시인이 획득한 새로운 지평은 곧 '나'와 타인 사이에 가로놓인 건널 수 없는 심연을 인정함으로써 나와 다른 자들을 압살하지 않으면서 그들과 함께 살아갈 수 있는 길을 모색하는 데로 나아가고 있는 것이다. 시집의 마지막 장에 놓인 다음 시가 이를 여실히 증명한다.

이 땅에서 무사히 어른이 된 것만으로
우린 죄인이다

가슴 조금 아프고
눈물 약간 흘리고
몇 명에게 돌멩이 던지고 나면
그 뿐
우리 언제 그 아픔 오래
간직한 적 있던가

내 아이 아니고
내 가족 아니고
내 이야기 아니라고
몰래 가슴 쓸어내리는

이 비겁함에 돌을 던져다오

이 부끄러움을 오래

기억하게 해다오

—「부끄러움 — 세월호의 죽음에 부쳐」 부분

세월호 사건에 응답하는 시를 시집 말미에 배치함으로써 시인은 지금까지 일궈온 시적 지평 위에 새롭게 더하고자 하는 것이 바로 윤리의 차원임을 분명히 한다. 몸의 말에 귀를 기울이는 데서 시작한 '나'의 확장이 마침내 '세계'의 확장으로 이어지고 한 개인이 내 아이도 내 가족도 내 이야기도 아닌 제삼자들의 아픔에 공명하는 데까지 나아가도록 견인할 수 있음을 이 시 만큼 잘 보여주는 것이 있을까. 나이가 들어도 공부는 계속되어야 하듯 시 쓰기의 열정 역시 멈출 수 없다. 세상을 배우는 일에는 끝이 없으니 '자기'를 확장시키는 사유의 모험과 새로운 감각에의 탐구를 시인은 쉬이 끝낼 수 없으리라. 자신의 처한 자리에서 충실히, 그리고 진실하게.

이 시집이 증명하는 바가 그것이 아니고 또 무엇일까.